10월

19일

ㄱㅗㅇㅡㄴㅂ]

10월 19일

지은이 고은비

펴낸이 고은비(@gombee__)

이메일 eb902@naver.com

초판 2018년 12월 21일 인쇄

　　2019년 01월 01일 발행

이 책은 직지소프트에서 지원한 SM3궁서체, J1950년을 표지에, SM3 세고딕, SM3 중명조, SM3 세명조, J1950년을
본문에, SM3 개구쟁이, J홀로아리랑, J에펠탑을 소제목과 페이지 번호에 사용했습니다.

저자의 손 그림을 표지에, 직접 촬영한 사진, 손글씨, 그림을 본문에 사용했습니다.

곰이 좋아하는 거?

꿀!!

계란도 좋아하나?

색이 비슷하잖아 :)

계란을 좋아하는 곰

하고 싶은 게 너무 많은 26살,
글쓰기에 시선을 두다

'책을 만들자' 마음먹고 전에 없던 복잡함을 느꼈다. 흩어진 글감을 모으는 데 바빠 첫 주제를 보류했다. 가득 채우려던 욕심을 탈탈 털면서 어떻게 하면 재미있고 완성도 높은 작업을 할 수 있을지 고민했다.

답은 바로 '나'.

인생에서 크고 작은 변화를 앞둔 시기,

시작에 앞서 자신을 깨닫고 되돌아보는 게 필요하다고 생각했다. '10월 19일,에 좋아하는 부분과 바라보는 방향이 담긴 이유다.

평소에 닮은 꼴 찾기를 좋아한다. 길을 가다가 '어? 저거 OO 같다!'라며 걸음을 멈춘다. 핸드폰을 들이밀고 기록을 남긴다. 공감대를 형성하기도 못하기도 한다. 관점은 사람마다 다르기에.

계란을 좋아하는 곰.

어느 날 동생과 나눈 이야기다. 가족 내에서 애칭이 '곰'이며 계란, 특히 계란말이를 좋아한다. "곰은 진짜 계란 좋아해. 근데 곰이 좋아하는 음식이 뭐지?", "꿀?!", "계란도 좋아할까?"에 답한

"색이 비슷하잖아."

무슨 말이지? 어리둥절하지만, 답은 고은비가 하는 사고를 잘 보여준다. 가능성을 열어 두고 다양함을 보고 싶은 시선.

.

'이런 사람이 (또) 있구나', '글, 사진, 그림으로 생각을 풀어 가구나',

'사물/상황을 이렇게도 볼 수 있구나', '나(독자)는 어떻게 생각하지?'

.

'10월 19일,과 함께 하시는 _____ 님.

자유롭게 상상하는 시간을 보내시길 바랍니다 :)

인생은 숲으로 보기

그리고 나를 믿기

오이를 먹은 토끼

전해 드릴

이야기

프롤로그 4

닮고 싶은 자유로움 11

/ 날씨 / 구름 / 가을 / 겨울바다 / W.칸딘스키 /

삶의 낙, 흔들흔들 리듬감 19

/ 오르간 / 뮤지컬 영화 / 기타 소리 / 피아노 /

몸이 움직여야 머리도 움직인다 27

/ 야구 / 마라톤 / 연극 /

에너지 충전소 37

/ 유화 / 꽃 / 만들기 / 산책 /

어쩌다 보니, 사전 47

/ 참하다 / 화양연화 / 모랄리스트 /

이거 참, 너무 좋아하는데 말이죠오 53

/ 붕어빵 / 집 / LP / 5 / 비 내리는 창밖 /

한옥 / 책을 읽는 이유 중 / 빨간 원피스 / 뭉텅이 /

아날로그 감성 65

/ 필름카메라 / 흑백영화 / 편지 /

시간은 개미, 나는 베짱이 71

/ 북적북적 장소 / 시간 / 사진 /

에필로그 78

담고 싶은

자유로움

고 래 구 름

날씨

뚜렷하여
투덜대지만

건드릴 수 없는

자유분방한

가장 부러운 날씨

구름

유유히 지나가는 형태가 눈에 밟히는 날

가지각색의 구름
한 번 가면 못 볼 줄 알면서
또 보자, 인사

각양각색의 사람,
개인도 방금, 지금이 다른데

구름에는 변함없는 모습을 바라는 욕심

내가 변하듯
구름도 변하고
지금도 흐른다

해야 하는 것,
현재에 충분히 머무르기

"무슨 계절 좋아해?"

"가을"

"왜?"

"너무 덥지도 춥지도 않고 '벌'도 없으니까"

저땐 몰랐는데

가을이 지닌 특징보다

다른 계절에서 걸러낸 특징이 이유였다

〈좋아하다〉

　: 어떤 일이나 사물 따위에 대하여 좋은 느낌이 들다

충분히 느끼고

자체를 좋아해야 하는데

선택하는 순간이

너무 빠르게 찾아왔었나 보다

겨울바다

발자국 없는 모래사장에 서면
날카로운 바람이 양 볼을 툭 친다
한 사람은 좋다고 자리를 지킨다

넓은 바다를 보니 마음이 탁 트인다
그러다 **외로워 보인 걸까**

'시끌시끌 북적북적'
한여름 분위기를 느낀 바다는
겨울에 어떤 생각을 하고 있을까

문득 궁금해진다

'**외로워 보인 걸까**'는
바다에 향하는지
나에게 향하는지

W.칸딘스키

Gelb-Rot-Blau

좋아하는 작품

색, 선, 면 등 구성요소 하나,
시선에 따라 달라 보이는 전체에
눈이 사로잡힌 그 날을 잊지 못한다

그림을 뒤로하고
며칠은 눈에 밟혔다

자유로움

개미집

삶의 낙,

흔 들 흔 들

리 듬 감

오르간

어느 순간부터 오르간 소리가 들리면
귀를 제외한 몸이 모두 멈춘다

소리에 한 번 반하고
악기의 모습에 두 번 반하고

연주하는 손을 보고 있으면
발도 보라며 시선을 잡아당긴다

흔히 들을 수 없다는 매력에 끌린 건지

아직도 이유는 모른다.

뮤지컬 영화

영화를 자주 보진 않는다

'꼭 봐야 해' 영화는
영화관에서 1년에 2~3회 정도

'보고 싶다!' 영화는
N 사의 도움을 받는다

주로 뮤지컬 영화
줄거리도 탄탄하지만
음악은 벅찬 감동을 준다

익숙해지지 않고
볼 때마다 전율이 흐르는 장르

기타 소리

기억에 남는 노래에서
어김없이 들리는 기타 소리

일부를 튕기며
아름답게 소리를 내는 기타

타인의 손으로 움직이면서도
최선을 다해 임무에 충실한 악기를
사람이 따라갈 수 있을까

기타에서 나오는 울림이
마음 깊이 전해진다.

피아노

2017년 상반기
갈증인 피아노와 마주했다

햇수로 23년,
무엇을 할 때 가장 활기찼는가

'피아노 연주'

전공을 바꿀까 깊이 고민하게 만든

전공이 아니더라도
관련된 일을 해 보고 싶다 생각했다

쉽지 않을 걸 알지만
도전해 보고 싶었다

피아노 학원 매니저로 일하며

강사님은 물론
취미로 배우는 수강생님
시간을 쪼개 연습에 몰두하시는 걸 보고

연주에 도전할 거라고 말하기엔
난 아직 멀었구나,

섣부른 생각이었음을 느꼈다

표현하고 싶은 걸 손에서 피아노로,
듣는 이에게 전달하는 능력을 기르기란

참 어려운 일이구나
존경스러운 마음이 생겼다.

나무가

만들어 낸

지도

몸이 움직여야

머리도 움직인다

야구 활력소, 낙

를 형용할 수 있는 단어

지난 16, 17년엔 동반관계

대학원 생활, 산책이 제한되던 때
활동하는 선수를 보며 쌓이는 피로를 해소했다

핸드폰을 TV 삼아
본 경기를 모두 챙겨봤다

본 경기를 놓친 날은
전체 영상을 봐야 잠이 들었다

흐름을 함께 했다

"

항상 잘 되는 것도
항상 안 되는 깃도
정해진 것은 없다고

열심히 노력을 기울여도
다양한 요인이 있음을 인정하고
다음을 위해 집중하라고

"

'인생은 야구다'

라는 말이 어울리는 지난 2년이었다

그전까지 빛을 발하지 못하고 있던 팀이
첫해 5위, 다음 해 1위

동시에 석사 과정, 만족스럽게 마무리

한 팀의 팬으로서, 그리고 나로서
웃을 수 있었다

다사다난했던 2년을 곁에서 지켜준 야구

든든했던 동반관계

마라톤

42.195km
큰 포부는 없었다

단지,
5시간 이내에 완주하여
기념품을 받기 위해 신청했다

한 달 동안 운동장을,
최강 한파라는 날엔 10km 경기를 달렸다

새로운 시작과 추운 날씨를 탓하며
한 달 반을 쉬고 맞이한 대회 날

"

통제된 도로를 사람들과 함께 달리는 게
지하철역을 뒤로 하나씩 보내는 게 신기했다

출발은 가벼웠다

15~20km 구간, 구급차만 눈에 띄었다
남은 구간을 달리기 위한 휴식으로 생각하고 쭉 걸었다

20~30km 구간, 안정된 호흡, 가벼워진 몸
사람들을 앞질러 나가는 성취감이란

30~42.195km 구간, 팔도 몸도 다리도
자기 주장하기에 바빠, 달래며 천천히 달렸다

5시간 28분, 첫 마라톤 기록
                                    "

목적은 이루지 못했지만
시작을 앞둔 시점에서
뭐든 할 수 있다는 힘이 생긴 경험

연극

"연극 무대 배우 관객 나 자네"
-이해랑 탄생 100주년 기념 공연 「햄릿」 마지막 대사 중-

연극 포함, 공연을 좋아해
자주는 못 가더라도 가끔 보러 다닌다

대사를 들으며 온몸에 전율이 흘렀다

'자네'와 '나'

다양한 상황에서 대입해 볼 수 있게 하는 대사

생각거리를 던져 주고
깊이 빠지게 하는

연극, 공연이 매력적인 이유

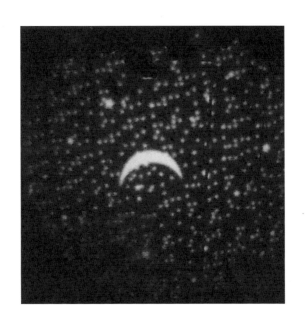

방 천장에 찾아온
작은 하늘

에 너 지 충 전 소

유화

보고 자란 아버지 작품

여러 번 덮을 수 있지만
기준이 있다

거친 듯하면서도
섬세해 보이는 표현

눈을 끌어당긴다

꽃

꽃, 한 글자에
설레고 따뜻하고 가슴 아픈
여러 가지 정서가 들어 있다

공부를 계속하기에 앞서
꽃에 잠시 흔들렸다

공부를 계속하면서도
꽃은 나를 흔들었다

공부를 마무리하고도
꽃은 옆으로 와 맴돌았다

어떤 인연인지

언젠가는 하게 될 것이라 알려주는 듯

만들기

쉽게 구하는 만큼
쉽게 잊어
쉬워지는 게 싫었다

쉽게 구할 수 없는 만큼
하나씩 재단해
오랫동안 곁에 머물게 했다
.
.

어머니 곁에서 있다 보니 당연했다

흥미로우며 긴 과정
준비에도 정성을 들인다
색감, 바느질, 형태, 효율성
모든 부분에 주의를 기울이며 한 땀을 놓는다

눈은 뻑뻑해지고
목덜미는 뻣뻣해지고
손톱 아래는 단단해져도

왜 입꼬리는 내려올 생각을 안 하는지
몇 시간 동안 올라가 있던 입 주변이 부르르 떨린다

완성품을 보며
다시는, 섣불리, 시작하지 말자고 해도

어느새 재료를 고르는 나

산책

다른 말로 무작정 걷기

머리가 복잡하고
도저히 감당하기 어려울 때

밖에 나가 앞을 보고 쭉
목적지 없는 즉흥 산책

빠르게 느리게 걸어보고
땅도 하늘도 보고
가로등과 가로수를 보고

사람을 본다

나무, 사람, 크고 작은 건물
다양하게 둘러싸여 나만의 시간을 가진다

걸으며 눈, 귀, 코,
온몸의 감각으로 느끼는 시간

쭉 걷고 오면
쌓였던 생각에 도는 생기

움직이며 에너지를 얻는다,
산책을 끊을 수 없는 이유

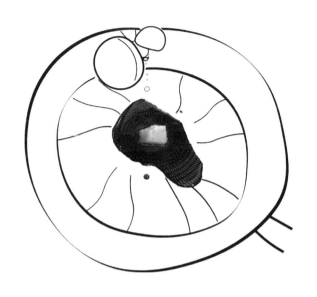

계란 프라이?

식용유 - 다진 마늘

어쩌다 보니, 사전

어쩌다 보니 사전

어쩌다 보니 사전

참하다

'참하다'
　종종 듣곤 한다. 그냥 그랬다, 작년까지는

'차분하고 얌전하다'
　틀에 맞추는 느낌이었다

　자유와 역동을 감추라는 듯

'참하다'
　나를 이루는 부분이 될 수 있음을, 부정하고 싶었다

내가 아니라고,
부분이 전체인 듯
미숙한 자존감이 몰아갔다

부분은 부분으로 두면 되는 것을

化 꽃 **화**

樣 모양 **양**, 상수리나무 상

年 해 **연**, 해 년

華 빛날 **화**

인생에서 가장 아름답고 행복한 순간

현재 진행형

모랄리스트

책을 읽다 가슴 깊이 박힌 단어

"

인간성, 웃음, 희화화, 비판,

주변에서 관찰할 수 있는 모습, 모순,

도덕성과는 다소 거리감 있는

"

어려우면서도
묘하게 끌리는 단어

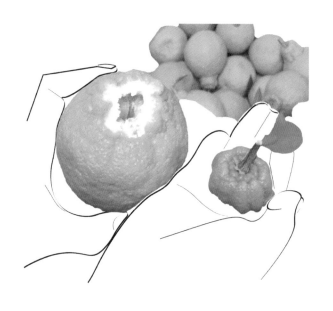

한라봉 머리에

숨은 호박

이거 참,

너무 좋아하는데

말이죠오

붕어빵

지갑에서 현금을 볼 수 있는 유일한 계절

= 붕어빵이 있는 계절

받자마자 한입 물어

목적지에 다다르면

이미 존재를 감춘

발 빠른 붕어빵

집

본가에서
시간 개념도 할 일도 잊고
가족과 부대끼다

고속버스에 올라타는 순간

현실로 돌아온다

머리가 빠르게 돌아가야 하고
왠지 바빠져야 한다

밀린 연락에 답장하고
잠시 멈췄던 일을 시작한다

꿈에서 깨어난 듯

마치 본가에 있는 시간이 꿈인 것처럼

LP

음악이 담긴 판

피자 크기에서 손바닥 크기로
점차 작아지다
형태가 사라졌다

아직 그 시절에 머물러 있는 사람

새로움도 매력적이지만
지금을 이루는 발자취에서
쉽게 떠나지지 않는다

Vinyl만이 들려줄 수 있는
그때 그 소리

5

가족 구성원

시계 단위

구구단 5단

묘한 안정감

깔끔함

그냥
좋다

비

내

리

는

창

밖

비가 지닌 분위기를 느끼려고
빗속에 있을 필요는 없다

비 내리는 창문 앞에 앉아
내가 배경이 되고
창밖이 전경이 되고

한 걸음 뒤에서
비를 쫓아온 상쾌함을 즐기고
두두두두두 리듬을 듣는다

들이마시는 공기에
시원함과 흥겨움이 섞여

나도 전경에 한 부분이 된다

한옥

삶의 최종 목표
한옥 이층집 짓고 살기

형태에서 느껴지는 정
따뜻한 온돌
구수한 흙내음

1층은 아쉬우니
2층으로 짓고

앞엔 텃밭을 일궈
간단하게 자급자족하며

그렇게 살고 싶다

취해 온 행동과 태도가 임시방편이 아닌

다른 사람들이 겪은 시행착오에서
'이런저런 생각을 하고 방법을 적용하니 나쁘지 않더라'

확인할 수 있기에
책 읽기를 좋아한다

책을 읽는 이유 중

빨간 원피스

빨간 옷을 입으면 생기는 에너지

검은 피부색과 어울리는 색을 찾고 있었다
은은한 색은 당최 어울리지 않아
원색을 찾게 됐다

그리고 좋아하게 됐다

비 오고 흐린 날에
찾게 되는 원색 옷

기분 전환과 특별한 느낌

뭉텅이

엔틱
소품도 색감도 단, 무늬는 빼고

나무
나무 가구, 나무 공예

맥주
말이 필요 없는

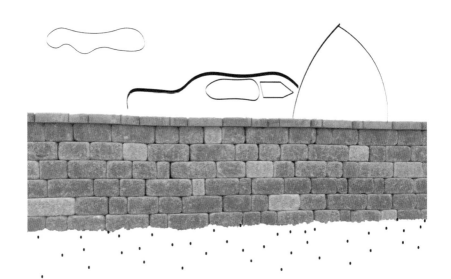

삼 색 경단

아날로그 감성

필름카메라

지하철 창문을 바라보는 그 순간

필름카메라가 되는 눈

뿌연 듯 또렷한 듯

흐린 부분과 선명한 부분의 공존

왠지 마음이 포근하다

흑백영화

도화지 여러 장에

떠오르는
색상을 입히고
채도와 명도를 조절해

나만의 영화를 만들어 간다

색감을 상상하는 맛이란

편지

나에게 쓰는

한 줄일 수도
한 장일 수도
한 권일 수도

그렇게 자신을
다독이고 꾸짖고 돌아보고

차곡차곡 모여
내가 됐다

라 떼 코 기

시간은 개미,

나는 베짱이

북적북적 장소

사람들이 북적북적

조명과 소리로 꽉 찬 배경이 좋다
누군가와 함께 또는 혼자

북적거림에서 나오는 에너지와
내 에너지가 만나
곱하기가 되는 순간

쾌감도 배가 되는 순간

시간

규칙적으로 일하는 시간
방해도 제한도 없이
부지런히 일하고 있다

어떻게 바라보고 인식하는지
사람마다 다르다

'시간 참 빠르다'도
'시간 참 느리다'도

느끼는 사람의 인식에서 나오는 것

시간을 만드는 주체는 '나'

사진

매 순간 새롭게 쓰이는
기록에 휘둘리다

사진 한 장에 눈길이 멈춘다

그날의 모든 걸 안다는 듯
여유로워 보이는 사진

눈길이 닿자
사진 속 상황이 재현된다

그날을 느껴본다
생생하게
아니,
생생하다고 믿으면서

도 토 리 컵

마무리하며

End ?

And !

에필로그

10월 19일,

자신에 관한 내용이니 제목은 생일이 아닐까? 라고 생각하셨다면 조금 다른 관점에서 봐 주시길 바란다. 10월 19일이라는 날짜에는 특별한 명칭이 없다. 담겨 있는 의미도 단순하다.

사소함에 감동하는 여중생, 원하던 관심을 받은 10월 19일

해가 바뀌어도 10월이 되면 좋은 일이 생기고 주인공이 된 기분으로 생활한다. 한 사람의 삶에 큰 영향을 미치는 숫자라니, 책 내용을 담아내기에 적합하다고 생각했다.

'나'를 보여주는 소재들만 모으기?, 솔직히 얕잡아 봤다.

여유를 부리기도 잠시,

분명히 좋아하는데 이유를 모르겠다,

정말로 좋아하는지 고민했다.

부끄럽지만 재미있는 과정이었다

걱정되지만 설레는 작업이었다

퍼즐을 완성할 때처럼 조각 맞추기는 어렵지만

큰 틀에서 이 모양 저 모양 도전해 보는 과정이

얼마나 큰 경험을 줄지, 상상이 쫓아가지 못한다

사는 것도 비슷하다

큰 덩어리를 정하고

덩어리 안에서 유연하게 살아가는 과정 역시

어떤 경험을 줄지는 상상할 수 없다.

흘러가기만 하는 존재를 멈추고 돌아볼 수 있는 시간이었다

다음을 위한 한 걸음, 시작을 앞두고 찾게 될 책

2018년 12월의 어느 멋진 날에

고은비

완 두 콩 vs. 애 벌 레

당 신 은 어 떻 게 보 이 시 나 요 ?